www.ingramcontent.com/pod-product-compliance
Lightning Source LLC
LaVergne TN
LVHW070612230826
846093LV00014B/523

* 9 7 8 9 9 5 3 7 3 2 2 6 8 *

إلى أمّي الحنونة
وأبي الطيّب

حصاني حبّوب

منى فليفل

رسوم جويل أشقر

© هاشيت أنطوان ش.م.ل.، 2008
سنّ الفيل، حرج تابت، بناية فورِست
ص. ب. 0656-11، رياض الصلح، 2050 1107 بيروت، لبنان
info@hachette-antoine.com
www.hachette-antoine.com
facebook.com/HachetteAntoine
twitter.com/NaufalBooks

متابعة التنفيذ: **إيزابيل غانم**
إخراج فنّي: **جاكلين أغوبيان**

ر.د.م.ك.: 978-9953-73-226-8

هَيّا، هَيّا، هَيّا

أَنا ذاهِبٌ في مِشوارٍ إِلى البَحر

هَذِهِ مِنشَفَتي المُزَركَشَة

كَم أُحِبُّ مِنشَفَتي المُلَوَّنَة

وَهذا صَديقي المَحبوب
حِصانُ البَحرِ حَبّوب.

واحِد، إِثنان، ثَلاثَة،

أُغطُس! فش... برررر...

أُوه... أَشعُرُ بالبَردِ قَليلاً

حَبّوب تَعالَ لِنَسبَحَ مَعاً

نَغطُس وَنَعلو

نَختَبِئ وَنَلهو.

لا أَحَدَ يَجِدُني يا وَجدي
فأَنا الحِصانُ حَبّوب السِّحريّ.

وَغاصَ حَبّوب

وَغاصَ وَغاصَ

وَصَعِدَ حَبّوب

وَصَعِدَ وَصَعِدَ

تَحَوَّلَ لَونُهُ شَيئًا فَشَيئًا

حَتّى اختَفى رُوَيدًا رُوَيدًا .

نَظَرَ وَجدي إِلى فَوقُ وَتَحت
لَم يَجِدِ حَبّوب في قاعِ البَحرِ.

أَينَ هُوَ؟ أَيـنَ اختَفى؟
تَعالَ نَبحَث، تَعالَ نَرى
إِصعَد مَعي إِلى زَورَقي السَّريع
لِنُفَتِّشَ مَعًا عَن حَبّوب العَجيب!

بروووووم! إِنطَلِق...
إِنتَبِه إِنتَبِه يا زَورَقي السَّريع
صَخرَةٌ كَبيرَة
وَإِلاّ نَصطَدِمُ وَنَطير.

لَم تَكُن صَخرَة

بَل سُلَحفاة

مُزعِجَةً مُزعِجَة

في وَسَطِ الطَّريق .

أُنظُر مَعي

هَل رأَيتَ حَبّوب؟

لا أَثَرَ لَهُ

شَيءٌ مُستَحيل!

وَفَجأَةً طِرنا طَيروَرَةً
وَوَجَدتُ نَفسي بَغتَةً
أَصعَدُ عاليًا، عاليًا...

كانَ حوتًا ضَخمًا
يَسبَحُ بِسُرعَةٍ فائِقَة
لِيُساعِدَ وَجدي في حالَةٍ طارِئَة.

تَشَبَّثتُ بِهِ
كَي لا أَطيرَ
صارَ يَعدو
يَسارَ يَمينَ .

حَتَّى سَمِعتُ أَحَدًا يُنادي . . .

وَجدي! وَجدي! تَوَقَّف يا وَجدي،
خُذ مِنشَفَتَكَ
واخرُج مِنَ الحَمّام
قَد حانَ مَوعِدُ النَّومِ الآن.

حَسَنًا ماما

وَلَكِن أُريدُ الحِصان . . .

لا وَقتَ لَدَيكَ،
واحِد، إِثنان . . .

قَفَزتُ وَهَرَعتُ
بِسُرعَةِ البَرق
وَجَدتُ حَبّوب
مَعَ نَجمَةِ البَحر.